Laute Möwen auf Sylt

Bemerkenswertes aus dem Alltag einer
Sylter Appartementvermietung

von
Kunigunde Tausendschön

Laute Möwen auf Sylt

Bemerkenswertes aus dem Alltag einer Sylter Appartementvermietung

von
Kunigunde Tausendschön

Bibliografische Information der Deutschen Nationalbibliothek:
Die Deutsche Nationalbibliothek verzeichnet diese Publikation in der Deutschen Nationalbibliografie; detaillierte bibliografische Daten sind im Internet über
http://dnb.dnb.de abrufbar.

Bildnachweis Buchcover:
© lavictoria / Fotolia

© 2017 Kunigunde Tausendschön
1. Auflage

Herstellung und Verlag:
BoD – Books on Demand, Norderstedt

ISBN: 9783743161542

Inhalt

Einleitung	7
Laute Möwen auf Sylt	11
Kampens Gosse	17
Kaputte Markenautos	19
Kein Ei zum Frühstück	20
Großes Urlaubsärgernis	21
Größeres Urlaubsärgernis	21
Stimmungsschwankungen	22
Die Lebensmittelkiste	24
Das 1-Schlüssel-Drama	27
Junge Familie	30
Die Narren sind los	31
Aschermittwoch	33
Anmerkungen der Autorin	35

Danke

Vielen Dank an meine lieben Chefinnen, Kollegen und Kolleginnen, die mich vom ersten Arbeitstag an herzlich aufgenommen, angelernt und unterstützt haben. Vielen Dank für alles. Ich bewundere Eure(n) starken Nerven, äußere Ruhe & Geduld, Flexibilität, Umsicht, Einsatz, Pragmatismus, Humor; einfach alles, was Ihr habt, um diesen Job lange Zeit machen zu können – vor allem Eure schier grenzenlose Belastbarkeit und Kundenorientierung.

Einleitung

„Ich kann nicht mehr! Das halte ich nicht länger aus!"

Wussten Sie, dass die Menge der Beschwerden und damit die Menge an Kuriositäten nicht unmittelbar von der Menge der vermieteten Appartements abhängt, sondern maßgeblich vom Wetter?

Ebenfalls scheint es Phasen im Jahreszyklus zu geben, in denen vermehrt Gäste anreisen, die auf Biegen & Brechen versuchen, den Mietpreis im Nachhinein zu mindern, in dem sie verzweifelt versuchen, Mängel rund um das angemietete Appartement zu finden – vergleichbar mit dem phasenweise vermehrt auftretenden Algenwachstum im Meer.

Wieso machen sich einige Leute das Leben so schwer? Sogar während ihrer sogenannten „schönsten Wochen des Jahres".

Gehört das jetzt dazu? Ist man dann „wichtig"? Ist man dann trendy? Ist das cool? Ist Geiz immer noch geil?

Oder hat Eckart von Hirschhausen Recht mit seiner These, dass die Deutschen einen Gehirnlappen mehr besitzen als andere – den Jammerlappen?[1]

Wobei ich ganz klar differenziere: 90-95 % unserer Gäste sind sehr nett und unkompliziert. Und natürlich gibt es auch gerechtfertigte Reklamationen, die wir selbstverständlich sehr ernst nehmen und uns entsprechend umgehend um deren Behebung kümmern. Es ist uns sehr wichtig, dass unsere Gäste zufrieden sind und einen schönen Urlaub bei uns verbringen.

Aber manchmal reicht es mir einfach. Dann hilft es mir auch nicht, dass ich mich schon länger darin übe, nicht mehr in Resonanz zu

---

[1] *http://www.wissen.de/synonym/jammern Synonymwörterbuch. Synonym(e) für jammern: klagen, lamentieren, stöhnen, sich beschweren, Unzufriedenheit äußern, in Klagen ausbrechen, [...]*

gehen und gleich innerlich auf „180" zu sein, sobald ein Gast „nervlich angefasst ist" und/oder sich „etwas im Ton vertut".

In solch einer Krise begann ich mein kleines „Selbsthilfebuch". Schon beim ersten Aufschreiben dieser teilweise skurrilen Begebenheiten konnte ich entspannen. Bei jedem Überarbeiten ließ ich mehr los – in meinem Lieblingscafé, an meinem sonnigen Fensterplatz, bei Milchkaffee & Kuchen.

Laute Möwen auf Sylt

Es ist Anfang Juli. Seit Tagen gibt es immer wieder kurze, aber heftige Regenschauer. Der Strand lädt nicht zum Verweilen ein.

An einem Dienstag-Vormittag kommt das Paar zum ersten Mal zu uns. Die beiden sind um die 55-60 Jahre alt und signalisieren deutlich, dass sie ein Problem haben.

Nach einem freundlichen „Moin" und meiner Frage, was wir denn für sie tun könnten, legen sie los: „Die Möwen sind zu laut! Seit unserer Anreise vor drei Tagen haben wir keine Nacht mehr richtig geschlafen! Jede Nacht um 3.00 Uhr geht das Spektakel los! Sie schreien und kreischen die ganze Zeit und hören nicht mehr auf!"

Freundlich erkläre ich ihnen, dass die Möwen zur Zeit brüten und die Jungen gerade schlüpfen. Die Möweneltern kommunizieren mit der Nachbarschaft, um ihre Jungen zu schützen.

Der Mann zeigt sich unbeeindruckt: „Die Möwen sind zu laut! Wir können keine Nacht mehr schlafen, weil sie ab 3.00 Uhr ein Riesenspektakel veranstalten!"

Erwartungsvoll schaut er mich an. Beherzt erwidere ich, dass wir leider nichts unternehmen können. Dass das Möwengeschrei Natur sei und Möwen zu Sylt und zur gesamten Küste gehören würden. Leider erdreiste ich mich, ihnen vorzuschlagen, sich in der Apotheke Ohropax zu besorgen und in der Nacht die Fenster zuzulassen.

Aber auch das möchten sie anscheinend nicht hören. Sofort legt er nach: „Wir können auch mit Ohropax nicht schlafen! Wir kommen seit 10 Jahren nach Sylt, aber so etwas haben wir noch nicht erlebt! Die Möwen sind viel zu laut! Wir können keine Nacht mehr schlafen, weil sie ab 3.00 Uhr ein Riesenspektakel veranstalten!"

Wieder dieser merkwürdige erwartungsvolle Blick und Stille.

Was ist mit den beiden? Was wollen sie? Hilflos schaue ich meine Kollegin an. Sie grinst bereits vor ihrem Monitor.

Erneut frage ich nach, was sie denn erwarten würden. Kurzes Schweigen und ein erneutes: „Die Möwen sind zu laut! Wir können keine Nacht mehr schlafen, weil sie ab 3.00 Uhr ein Riesenspektakel veranstalten!" Er scheint in einer Denk- und Wortschleife gefangen zu sein. Kein Wort darüber, was sie sich vorstellen, nur diese erwartungsvollen Blicke.

Nach mehreren Runden „Die Möwen sind zu laut! Wir können keine Nacht mehr schlafen!" und ohne eine Chance auf Problemlösung, bin auch ich mittlerweile leicht genervt.

Ich schaue ihn intensiv an und frage direkt, ob er etwa von mir erwarten würde, dass ich in der kommenden Nacht vorbeikomme und die Möwen erschieße.

Irritiert hält er inne.

Seine Frau fängt sich schneller als er: „Seitdem wir hier sind, können wir nicht duschen! Wir haben nur eine Badewanne und dort fehlen die Haltegriffe an der Wand. Wir kommen weder rein noch raus!"

Was hat die Badewanne mit den Möwen zu tun? Ich habe noch immer nicht verstanden, was hier gespielt wird. „Es tut mir leid. Da kann ich spontan nichts in die Wege leiten. Aber vielen Dank für die Anregung."

Nun ist der Mann auch wieder mit an Bord: „Die Möwen sind zu laut! Seit unserer Anreise vor drei Tagen haben wir keine Nacht mehr richtig geschlafen! Jede Nacht um 3.00 Uhr geht das Spektakel los! Sie schreien und kreischen die ganze Zeit und hören nicht auf!"

Langsam fange ich an, das Team der versteckten Kamera zu suchen. Gleich müssen sie doch hinter einem der Autos auftauchen! Oder spielt heute der kleine Niels den Telefonschreck – live und in Farbe? Ich bin völlig irritiert und langsam auch richtig genervt.

„Das Appartement ist nicht in Ordnung. Seitdem wir hier sind, können wir nicht duschen! Es fehlen die Haltegriffe an der Wand!" Während ich noch immer das Kamerateam suche, verlassen die beiden plötzlich das Büro.

Perplex schaue ich meine erfahrene Kollegin an. Lapidar sagt sie nur: „Die wollen Geld zurück."

Tatsächlich. Zwei Tage später, wieder am Vormittag – das Wetter ist unverändert kein Strandwetter – kommen sie wieder. An diesem Tag habe ich großes Glück: Sie wenden sich direkt an meine Kollegin.

Im Prinzip wiederholt sich der Ablauf von Dienstag – mit einer Erweiterung: „Wir sind extra mit dem Auto durch ganz Wenningstedt und Westerland gefahren. Aber nur auf unserem Haus brüten die Möwen und sind so extrem laut."

Meine Kollegin und ich schauen uns bedeutungsvoll an. Wir können diesem angeblich beobachteten Natur-Phänomen nicht zustimmen. Denn auch in unserer direkten privaten Nachbarschaft brüten zur Zeit Möwen und sind sehr laut. – Wir wohnen in List bzw. Westerland.

Die Endlosschleifen über die lauten Möwen und fehlenden Haltegriffe wiederholen sich. Und so fragt auch meine Kollegin zirka 20 lange Minuten immer wieder, wie sie ihnen helfen könnte, was sie denn erwarten würden. Die beiden geben keine Antwort, schauen sie immer nur erwartungsvoll an. Wie schon vor zwei Tagen gehen sie plötzlich wieder raus.

Zwei Tage nach ihrer Abreise bekommen wir eine lange Email, in der sie Geld zurückfordern. Begründung: Wir hätten sie vor dem Buchen darauf hinweisen müssen, dass es auf Sylt Möwen gibt, deren Geschrei so laut ist, dass man nachts nicht schlafen kann. Das wäre vergleichbar mit nächtlichem Baulärm. Deswegen fordern sie 40 % der Mietsumme zurück (Frankfurter Tabelle, Lärm in der Nacht: 10-40 %).

Kampens Gosse

Mittlerweile sind mehrere Wochen mit tollstem Sommer-Sonne-Strandwetter vergangen. In dieser Zeit hatten wir trotz voller Auslastung nur sehr wenige Reklamationen. Nun ist es Mitte September, leicht bewölkt und deutlich windiger.

Gleich morgens um 9.00 Uhr reist ein wohlsituiertes Ehepaar an. Das ist leider zu früh; das Appartement war belegt und ist noch nicht fertig.

Zu Ihrer Information: Die Schlüsselübergabe bei Anreise wäre um 16.00 Uhr; abreisende Gäste haben bis 10.00 Uhr Zeit, das Appartement zu verlassen.

Aber die beiden haben Glück: Das Putzteam ist schon dabei, das Appartement zu reinigen, und so können sie sich um 10.00 Uhr die Schlüssel für ihr Kampener Feriendomizil bei uns abholen. Trotzdem reagieren die beiden „etwas angestrengt".

Kurz nach 13.00 Uhr kommt der von uns schon fast erwartete Anruf. Der Mann ist am Apparat und stocksauer: „Wir haben genau dieses Appartement gemietet, weil es einen Tiefgaragenstellplatz hat! Ich kann ihn nicht nutzen, weil er viel zu klein ist! Unser Auto passt nicht rein! Ich möchte einen anderen Stellplatz!"

Er ist so ungehalten, dass es mir spontan – zum Glück sehr leise – entfährt: „Komisch, ich habe keine Probleme, mit meinem Auto dort einzuparken."

Sein Problem ist, dass er ein Großwildjägerauto fährt. Die Autos werden immer größer; nur leider machen die Parkplätze diesen Trend nicht mit. Da ich nicht weiß, ob ich ihm einen anderen Stellplatz zur Verfügung stellen darf, bitte ich ihn, nach 15.00 Uhr noch einmal anzurufen, um alles mit unserer Geschäftsführerin zu besprechen.

Er verabschiedet sich mit den Worten: „Ich parke mein Auto in der Nacht doch nicht irgendwo in Kampen in der Gosse!"

Kaputte Markenautos

Nach dieser Geschichte fiel mir wieder ein, dass ich mich schon seit einigen Jahren hier auf Sylt frage, warum sich die Leute diese teuren Luxusschlitten kaufen. Alles Autos mit edlen Namen und teilweise so teuer wie Eigentumswohnungen auf dem Festland. Und doch haben (fast) alle dieser Autos ein gemeinsames Handicap: Sie sind nicht verkehrstauglich.

Ist Ihnen schon einmal aufgefallen, dass bei ca. 98 % dieser Autos der rechte Blinker nicht funktioniert und bei ca. 50 % der linke auch nicht? Manchmal frage ich mich, ob überhaupt Halterungen für die Leuchtmittel vorgesehen sind.

Und bei fast allen scheint auch die Einparkhilfe völlig dejustiert zu sein. Anders kann ich es mir einfach nicht erklären, warum diese Autos bevorzugt mittig auf zwei Parkflächen stehen – oder doch?

Kein Ei zum Frühstück

Unabhängig vom Wetter kommt es vor, dass Gäste völlig genervt bei uns anrufen, weil sie auf ihr Frühstücksei verzichten mussten.

Beim 1. Mal war ich total irritiert und habe entsetzt gefragt, ob denn kein Topf im Appartement wäre. Woraufhin zunächst ein nun ebenfalls irritiertes Schweigen zu hören war.

Das Problem liegt beim Eierkocher. Entweder ist er nicht vorhanden oder von den Vorgästen kaputt in den Schrank zurückgestellt worden.

Auf jeden Fall führt das nicht nutzen können dieses kleinen High-Tech-Gerätes bei manchen Gästen zu so einem großen morgendlichen Ärger, dass sie nicht umschalten können. Ihnen fällt dann einfach nicht ein, dass sie sich ihr Ei auch im Topf kochen könnten – der Tag ist dann einfach gelaufen.

Großes Urlaubsärgernis

Ebenfalls unabhängig vom Wetter ist es für einige Feriengäste ein großes Urlaubsärgernis, wenn es Probleme mit dem Fernsehgerät gibt. Sei es, dass der Bildschirm zu klein ist, weil er nicht die gesamte Wohnzimmerwand ausfüllt – sei es, dass im zweiten Schlafzimmer kein TV vorhanden ist (abgesehen von den Geräten im Wohnzimmer und im ersten Schlafzimmer) – oder besonders ärgerlich für einen Gast in List, dass die Senderplätze anders angeordnet sind als zu Hause. Und als wäre das nicht schon ärgerlich genug, haben wir in diesem Fall noch nicht einmal den Hausmeister oder eine Fachfirma hingeschickt, damit die Senderplätze entsprechend sortiert werden.

Größeres Urlaubsärgernis

Das oben genannte Urlaubsärgernis wird nur noch durch das Fehlen eines W-Lan-

Anschlusses im Appartement getoppt. Vor allem, wenn der Gast das erst nach seinem Einzug feststellt, wenn er keine Verbindung zum Internet findet.

Ja, es gibt sie noch, die Appartements ohne dieses absolut lebensnotwendige Equipment! Deshalb „Augen auf beim Buchen des Appartements! Lesen Sie das Kleingedruckte!"

Stimmungsschwankungen

Es ist mittlerweile Mitte Oktober, Herbstferien. Seit zirka fünf Tagen ist unser traumhafter Sommer umgeschlagen in Hebst. Es ist deutlich kühler, bedeckt und es regnet ab und zu.

Ein junger Mann kommt gleich morgens ins Büro. Er ist sehr nett und sagt, dass mit dem Appartement alles in Ordnung sei, keine Mängel, keine Reklamationen. Dann fragt er, ob sie am nächsten Tag erst gegen 11.00 Uhr abreisen könnten.

Das geht leider nicht, weil es in seinem Appartement einen direkten Wechsel gibt. Wenn nicht viel los ist, können die Gäste nach Rücksprache auch mal länger bleiben. Dann bitten wir die Putzfirmen, später am Tag zu putzen. Aber am kommenden Tag haben wir einen riesengroßen Bettenwechsel. Dadurch ist die Zeit sowieso schon extrem knapp, auch wenn die Gäste um 10.00 Uhr abreisen.

Er ist enttäuscht und geht. Als er schon in der Tür steht, vollzieht sich sein Wandel: Ganz plötzlich fängt er an, zu meckern: über den Baulärm in der Nachbarschaft, über dieses und jenes.

Das hilft ihm und uns aber auch nicht weiter. Wir können es zu diesem Zeitpunkt leider nicht mehr ändern.

Die Lebensmittelkiste

1. November. Eine Frau, die am 25.12. mit dem Flugzeug anreisen möchte, ruft an und fragt, wann die Geschäfte auf Sylt über Weihnachten geöffnet haben. Während wir uns unterhalten google ich nach der Antwort: am 24. + 26.12. sind sie geöffnet, am 25.12. geschlossen. Freundlich teile ich es ihr mit.

Auf ihre Frage, ob es möglich wäre, schon am 24.12. eine Lebensmittelkiste auf der Terrasse der Wohnung abstellen zu lassen, biete ich ihr an, bei den Eigentümern, die die Wohnung geblockt haben, diesbezüglich anzurufen.

Für die Eigentümer ist es kein Problem. Die Wohnung bleibt frei. Sie werden nicht anreisen. Gern könnten die Lebensmittel auch schon in den Kühlschrank gestellt werden.

Ich schreibe der Frau eine Email, dass die Lebensmittel am 24.12. vormittags geliefert werden können. Der Lieferant könne sich gern den Schlüssel holen, alles in den Kühlschrank stellen und dann die Schlüssel wieder bei uns abgeben.

Darauf kommt von ihr die Antwort, dass sie die Kiste auf die Terrasse stellen ließe.

Am 4.11. kommt eine weitere Email: „Darf ich um ein kurzes Feedback bitten, ob das ok ist?"

Meine Antwort: „Wunschgemäß können Sie die Lebensmittelkiste auf die Terrasse stellen lassen. Wie ich Ihnen bereits angeboten hatte, könnten Sie aber auch den Kühlschrank nutzen."

Kurz darauf: „Kann man den Schlüssel nicht irgendwo hinterlegen? Es ist doch dem Lieferanten nicht zuzumuten, am 24.12. extra noch bei Ihnen vorbeizuschauen."

Aber uns ist das zuzumuten: 2x extra zum Appartement fahren, um den Schlüssel zu deponieren und dann wieder abzuholen?! Was ist, wenn der Schlüssel wegkommt? Wer haftet?

Meine Email-Antwort lautet: „Wir können den Schlüssel nicht an der Wohnung deponieren. Wunschgemäß können Sie die Lebensmittelkiste auf die Terrasse stellen lassen."

Am selben Tag, gegen 14.00 Uhr kommt ihr Anruf. Meine Kollegin nimmt ihn entgegen. Es ist eine Beschwerde. Ich wäre eine unhöfliche Person. Schon unser Telefonat wäre sehr unhöflich gewesen. Ohne ein weiteres Wort legt sie auf.

Zwei Minuten später ein erneuter Anruf von ihr bei meiner Kollegin. Sie wollte meine Chefin sprechen. „Gern, sie ist ab 15.00 Uhr wieder im Haus." Auf diesen Anruf wartet meine Chefin noch heute.

Leider haben wir vergessen, nachzuforschen, was nun tatsächlich am 24.12. passiert ist.

Das 1-Schlüssel-Drama

Es ist 9.10 Uhr, ein Tag zwischen den Jahren. Die Briefumschläge für die heutigen Anreisen sind zwar schon geschrieben, aber in einigen fehlt der 2. Schlüssel, weil die Putzteams noch bei der Arbeit sind und die Schlüssel noch nicht zurückgebracht haben – auch die der bereits fertigen Appartements nicht.

Die erste Anreise des Tages macht sich bereit: ein gutbetuchtes Ehepaar, spätes Mittelalter. Der Mann wartet in einem edlen schwarzen Wagen mit laufendem Motor direkt vor der Bürotür. Die Ehefrau kommt herein.

Die Fahrt scheint anstrengend gewesen zu sein, denn sie ist sehr angespannt. Statt sich darüber zu freuen, dass das Appartement bereits fertig ist und sie es sofort beziehen können, fängt sie eine Diskussion darüber an, warum nur ein Schlüssel im Umschlag ist.

Meine Kollegin erklärt ihr, dass das Putzteam den zweiten Schlüssel gegen Mittag ins Büro bringen wird. Gern würden wir sie anrufen, damit sie sich ihn dann abholen können. Völlig ungehalten erwidert die Frau, dass es ja wohl unsere Aufgabe wäre, ihnen den Schlüssel zu bringen.

Kaum hat sie das Büro verlassen, wir kümmern uns bereits um die nächsten Gäste, kommt ihr Mann hereingeschossen und schreit durch die Menge: „Seit 10 Jahren schaffen Sie es nicht, bei Anreise zwei Schlüssel im Briefumschlag zu haben!" Ehe ich etwas erwidern kann, ist er bereits aus dem Büro gestürmt.

Zur Erinnerung: Anreise ab 16.00 Uhr.

Zuerst ist meine Kollegin total schockiert. Um den Anreisenden einen Gefallen zu tun, hat sie der Frau den Umschlag mit nur einem Schlüssel gegeben, damit sie gleich einziehen können und nicht erst um 16.00 Uhr. Dann fängt sie an, sich darüber zu ärgern, dass sie ihr auch noch angeboten hat, sie anzurufen, wenn der zweite Schlüssel da ist.

Gegen Mittag bekommen wir den Schlüssel. Pflichtbewusst ruft meine Kollegin bei den Gästen an und bietet sogar an, ihn am Nachmittag vorbeizubringen. Falls die Gäste nicht da wären, würde sie ihn in den Briefkasten werfen.

Die Stimmung der Ehefrau ist noch immer nicht besser. Sie keift, dass sie darauf bestehe, dass meine Kollegin den Schlüssel sofort hinbringt. Als meine Kollegin daraufhin antwortet, dass sie zur Zeit kein Auto zur Verfügung hat, tobt die Frau: „Dann sehen Sie zu, dass sie eins an Land kriegen!"

Liebes Ehepaar, da uns Ihr Wohl am Herzen liegt und wir Ihnen im kommenden Jahr auf jeden Fall diesen Ärger ersparen möchten, haben wir uns schon jetzt hinter ihrem Namen einen Vermerk gemacht: „Anreise nie vor 16.00 Uhr, damit immer zwei Schlüssel im Umschlag sind."

Junge Familie

Es ist Januar. Die Zeit der „komplizierten Fälle": lange Beratungen am Telefon und anschließend mehrere Emailkontakte bis dann am Ende doch storniert wird.

Eine 4-köpfige Familie fragt für fünf Übernachtungen über Ostern an. Wir teilen ihnen mit, dass wir über Ostern eine Mindestmietdauer von sieben Nächten haben. Darauf fragt der Vater nach, ob „man da was machen könne".

Wir bieten an, dass sie ausnahmsweise das Appartement für sechs Tage mieten können. Er freut sich und bucht. Wir schicken den Vertrag per Email. Fast postwendend kommt seine Antwort, dass wir doch bestimmt eine junge Familie unterstützen wollten. Sie hätten für den Urlaub 650,- Euro geplant, nun seien es aber 812,- Euro geworden. Wir seien doch bestimmt damit einverstanden, wenn sie nur 800,- Euro bezahlen würden.

??? – Nein!

„Wir sind mit der Preisreduzierung nicht einverstanden. Wir sind Ihnen bereits mit der Mindestmietdauer entgegengekommen. Wir werden Ihren Vertrag stornieren. Bitte schicken Sie uns das von Ihnen durchgestrichene Exemplar zurück."

Am nächsten Morgen war der unterzeichnete Mietvertrag da.

Die Narren sind los

Es ist Rosenmontag. Das Telefon steht nicht still. Die Emails nehmen und die Gäste bei uns im Büro finden kein Ende.

Eine Email-Anfrage beantworte ich, indem ich schreibe, dass das angefragte Appartement im gewünschten Zeitraum belegt und dass im Anhang ein Angebot für ein anderes, freies Objekt zu finden ist. Antwort des Gastes: „Ich verstehe Ihre Email nicht! Sie schreiben mir, dass die Wohnung nicht frei ist und schicken mir gleichzeitig ein Angebot! Ist sie nun frei oder nicht?!" – ???

In diese Reihe passt auch folgende Variante: Wir schicken Angebote über Appartements im Obergeschoss. Alle Angebote beginnen mit „x-Zimmer-Wohnung im Obergeschoss". Als Rückfrage kommt: „Befindet sich diese Wohnung im Erd- oder Obergeschoss?"

Zwischen all diesen Emails, die sich die Gäste sparen könnten, wenn sie einfach nur richtig lesen würden, bekommen wir diverse Anrufe, die uns zusätzlich aufhalten.

Es ist kurz nach 9.00 Uhr. Wir haben gerade angefangen, die Emails zu bearbeiten, da kommt der erste Anruf: „Ich habe Ihnen gerade (oder gestern Abend oder heute Nacht) eine Buchungsanfrage geschickt. Die ist noch nicht beantwortet. Wann bekomme ich eine Antwort?! Schauen Sie doch mal nach, ob das Appartement frei ist!"

Wenn ich daraufhin freundlich antworte, dass wir gerade erst angefangen haben, die Emails zu beantworten und dass die Zeit bis zur Antwort davon abhängt, wie lange ich jetzt noch telefonieren muss, sind die Gäste oft „not amused".

Gegen Mittag versinkt meine Kollegin in Notizzetteln; es sind alles Aufgaben, die erledigt werden müssen sobald das Telefon ruhiger wird und die Gäste wieder am Strand sind: „Ich könnte nur noch heulen!"

Zum Glück sind die närrischen Tage bald vorbei.

Aschermittwoch

Ein Ehepaar, das bei uns schon viele Male ein bestimmtes Appartement gebucht hat, hat in diesem Jahr leider großes Pech.

Schon am Abend ihrer Anreise fällt das warme Wasser aus, und alle Fernseher der Wohnung haben keinen Empfang. Die Reparatur des Warmwassergerätes dauert knapp zwei und die des Fernsehempfangs drei Tage. Dabei wollten sie sich so gern die Karnevalsumzüge anschauen.

Nachdem alles wieder in Ordnung ist, kommt der Ehemann zu uns ins Büro. Als er meinen Namen hört, stutzt er. Ohne überhaupt auf seine Unannehmlichkeiten einzugehen, kommt er direkt zu mir und entschuldigt sich für das Hin und Her bei seiner Buchung. Aufgrund einer Reise, die unmittelbar vor der Anreise nach Sylt endete, gab es mehrere Terminverschiebungen.

Dann erzählt er schmunzelnd, dass sie nachgerechnet und festgestellt hätten, dass es in diesem Jahr der 13. Aufenthalt in ihrem gemieteten Objekt sei und sie vermuten, dass das Dilemma mit dem Warmwasser und dem Fernseher mit dieser Zahl zusammenhängt. In all den Jahren davor, seien sie immer sehr zufrieden gewesen.

Vielen Dank.

Anmerkungen der Autorin

Kampens Gosse, Seite 15:

Hier eine kurze Erklärung für alle, die Kampen nicht kennen. Kampen gilt als DER Nobelort auf Sylt, exklusiv und teuer. Wer etwas auf sich hält, wohnt in Kampen.

Kaputte Markenautos, Seite 16:

Nur um eventuellen rechtlichen Belangen vorzugreifen: es handelt sich um Ironie & Satire!